1907 - Mai - 4

ATELIER

F. de Vuillefroy

Deuxième Vente

ATELIER

F. DE VUILLEFROY

DEUXIÈME VENTE

CONDITIONS DE LA VENTE

Elle sera faite au comptant.

Les Acquéreurs payeront ***dix pour cent*** en sus des enchères.

Paris. — Imp. Georges Petit. — 17716-07.

CATALOGUE

DES

TABLEAUX

PROVENANT DE L'ATELIER

DE

F. DE VUILLEFROY

ET DONT LA VENTE AURA LIEU A PARIS

HOTEL DROUOT, Salle N° 6

Le Samedi 4 Mai 1907

à 2 heures

COMMISSAIRE-PRISEUR	EXPERT
Me PAUL CHEVALLIER	**M. GEORGES PETIT**
10, rue Grange-Batelière	8, rue de Sèze

EXPOSITION PUBLIQUE

Le Vendredi 3 Mai 1907, de 1 heure 1/2 à 5 heures 1/2

DÉSIGNATION

1 — *Vaches normandes.*

Posée de profil à gauche, debout sur le pré, une grande vache rousse rumine, immobile. Une vache noire, placée derrière elle, pose son mufle sur l'échine de la première.

Signé à droite, en bas.

Toile. Haut., 1 m. 20; larg., 1 m. 63.

Médaille d'or. Salon. Exp. Univ. 1889.

2 — *Bande de chevreuils en forêt, matin.*

Sous les branches de la forêt automnale aux lointains vaporeux, cinq chevreuils, effrayés par quelque bruit, s'enfuient en bondissant.

Signé à droite, en bas.

Toile. Haut., 1 m. 21 ; larg., 1 m. 62.

3 — *Bûcheronne, forêt de Fontainebleau.*

Dans la clairière, dont le sol et les roches sont parsemés de taches de soleil, une paysanne est debout, vêtue d'un caraco et d'un tablier bis, coiffée d'une marmotte rouge. Elle rompt avec effort une branche de bois mort.

Signé à droite, en bas : *Vuillefroy, 73.*

Toile. Haut., 1 m. 20; larg., 1 m. 62.

Salon de 1874.

4 — *Bœufs avant la tourmente* (variante).

Signé à gauche, en bas.

Toile. Haut., 81 cent.; larg., 1 mètre.

5 — *Jeunes étalons à l'herbage.*

Signé à gauche, en bas.

Toile. Haut., 82 cent.; larg., 1 m. 17.

6 — *Bœufs au bord de la rivière.*

Signé à droite, en bas.

Toile. Haut., 82 cent.; larg., 1 m. 17.

7 — *Génisse.*

Signé à gauche, en bas.

Toile. Haut., 82 cent.; larg., 1 m. 17.

8 — *Étude.*

Signé à gauche, en bas.

Toile. Haut., 24 cent.; larg., 32 cent.

9 — *La Fenaison.*

Signé à droite, en bas.

Toile. Haut., 24 cent.; larg., 32 cent.

10 — *Retour à l'étable* (étude).

Signé à gauche, en bas.

Toile. Haut., 24 cent ; larg., 32 cent.

11 — *Étude de contre-jour.*

Signé à gauche, en bas.

Toile. Haut., 24 cent.; larg., 32 cent.

12 — *La Traite.*

Signé à droite, en bas.

Toile. Haut., 24 cent.; larg., 35 cent.

13 — *Les Roches grises.*

Signé à gauche, en bas.

Toile. Haut., 24 cent.; larg , 35 cent.

14 — *L'Agneau préféré.*

Signé à droite, en bas.

Toile. Haut., 22 cent.; larg., 32 cent. 1/2.

15 — *Après le labour.*

Signé à gauche, en bas.

Toile. Haut., 24 cent.; larg., 35 cent.

16 — *Combat de cerfs.*

Signé à droite, en bas.

Toile. Haut., 27 cent.; larg., 41 cent.

17 — *La Leçon de danse.*

Signé à droite, en bas.

Toile. Haut., 32 cent.; larg., 41 cent.

18 — *Le Cavalier rouge.*

Signé à droite, en bas.

Toile. Haut., 36 cent. 1/2; larg., 54 cent.

19 — *Le Tombereau.*

Signé à droite, en bas.

Toile. Haut., 27 cent.; larg., 41 cent.

20 — *Bœufs sous le joug.*

Signé à droite, en bas.

Toile. Haut., 38 cent.; larg., 46 cent.

21 — *Porte à Ségovie.*

Signé à droite, en bas.

Toile. Haut., 32 cent.; larg., 40 cent.

22 — *Monastère de Sainte-Thérèse, à Avila.*

Signé à droite, en bas.

Toile. Haut., 32 cent.; larg., 40 cent. 1/2.

23 — *Le Soir.*

Signé à gauche, en bas.

Toile. Haut., 32 cent.; larg., 40 cent.

24 — *Vache hollandaise.*

Signé à gauche, en bas.

Panneau. Haut., 32 cent.; larg., 27 cent.

25 — *Passage des Pyrénées.*

Signé à gauche, en bas.

Toile. Haut., 38 cent.; larg., 55 cent.

*

26 — *L'Orage.*

Signé à droite, en bas.

Toile. Haut., 46 cent.; larg., 55 cent.

27 — *La Vague.*

Signé à droite, en bas : *Vuillefroy, 1874.*

Toile. Haut., 55 cent.; larg., 66 cent.

28 — *Pascaline.*

Signé à gauche, en bas.

Toile. Haut., 60 cent.; larg., 80 cent.

29 — *Bœufs sur la route.*

Signé à gauche, en bas.

Toile. Haut., 65 cent.; larg., 81 cent.

30 — *Soleil couchant sur la lande.*

Signé à droite, en bas.

Toile. Haut., 38 cent.; larg., 55 cent.

31 — *La Barrière.*

Signé à droite, en bas.

Toile. Haut., 38 cent.; larg., 55 cent.

32 — *Fino et Finette.*

Signé à droite, en bas.

Toile. Haut., 38 cent.; larg., 55 cent.

33 — *Le Matin* (2e étude).

Signé à droite, en bas.

Toile. Haut., 38 cent.; larg., 55 cent.

34 — *Fleurs de carottes.*

Signé à droite, en bas.

Toile. Haut., 38 cent.; larg., 55 cent.

35 — *La Sapinière.*

Signé à droite, en bas.

Toile. Haut., 38 cent.; larg., 55 cent.

36 — *L'Enclos.*

Signé à droite, en bas.

Toile. Haut., 38 cent.; larg., 55 cent.

37 — *Automne.*

Signé à gauche, en bas.

Toile. Haut., 38 cent.; larg., 55 cent.

38 — *Le Chemin de traverse.*

Signé à gauche, en bas.

Toile. Haut., 38 cent. ; 55 cent.

39 — *Le Ravin.*

Signé à droite, en bas.

Toile. Haut., 38 cent. ; larg., 55 cent.

40 — *Le Chemin creux.*

Signé à gauche, en bas.

Toile. Haut., 38 cent. ; larg., 55 cent.

41 — *Matin sur les prés.*

Signé à droite, en bas.

Toile. Haut., 38 cent. ; larg., 55 cent.

42 — *Vallon.*

Signé à droite, en bas.

Toile. Haut., 38 cent. ; larg., 55 cent.

42 *bis* — *Mare en hiver.*

Signé à gauche, en bas.

Toile. Haut., 38 cent. 1/2 ; larg., 46 cent.

43 — *La Ferme.*

Signé à gauche, en bas.

Toile. Haut., 38 cent.; larg., 55 cent.

44 — *Dans la montagne.*

Signé à droite, en bas.

Toile. Haut., 38 cent.; larg., 55 cent.

45 — *Le Coteau.*

Signé à gauche, en bas.

Toile. Haut., 38 cent.; larg , 55 cent.

46 — *Nocturne.*

Signé à droite, en bas.

Toile. Haut., 46 cent.; larg., 38 cent.

47 — *L'Affût.*

Signé à droite, en bas.

Toile. Haut., 33 cent.; larg., 41 cent.

48 — *Le Château-Thierry.*

Signé à droite, en bas.

Toile. Haut., 38 cent.; larg., 55 cent.

49 — *Roseaux.*

Signé à gauche, en bas.

Toile. Haut., 38 cent.; larg., 55 cent.

50 — *Lavandières.*

Signé à gauche, en bas.

Toile. Haut., 38 cent. 1/2; larg., 46 cent.

51 — *Chevreuil mort sur la neige.*

Signé à droite, en bas.

Toile. Haut., 38 cent.; larg., 55 cent.

52 — *Posada à Ségovie.*

Signé à droite, en bas.

Toile. Haut., 32 cent.; larg., 40 cent.

53 — *La Granja.*

Signé à droite, en bas.

Toile. Haut., 32 cent.; larg., 40 cent.

54 — *Place, à Royat.*

Signé à gauche, en bas.

Toile. Haut., 38 cent.; larg., 46 cent.

55 — *Étude de vache.*

Signé à droite, en bas.

Toile. Haut., 55 cent.; larg., 46 cent.

56 — *Les Meules.*

Signé à droite, en bas.

Toile. Haut., 42 cent.; larg., 61 cent.

57 — *Sentier sur la colline.*

Signé à droite, en bas.

Toile. Haut., 38 cent.; larg., 55 cent.

58 — *Bruyères.*

Signé à gauche, en bas.

Toile. Haut., 46 cent.; larg., 55 cent.

59 — *Meules, le soir.*

Signé à droite, en bas.

Toile. Haut., 38 cent.; larg., 46 cent.

60 — *Étude de cheval portugais.*

Signé à gauche, en bas.

Toile. Haut., 46 cent.; larg., 38 cent.

61 — *Chemin en Auvergne.*

Signé à gauche, en bas.

Toile. Haut., 46 cent.; larg., 38 cent.

62 — *L'Orée du bois.*

Signé à droite, en bas.

Toile. Haut., 38 cent.; larg., 55 cent.

63 — *Premiers jours d'automne.*

Signé à droite, en bas.

Toile. Haut., 55 cent.; larg., 38 cent.

64 — *Mules à Ségovie.*

Signé à droite, en bas.

Toile. Haut., 32 cent.; larg., 40 cent.

65 — *Torero.*

Signé à droite, en bas.

Toile. Haut., 41 cent.; larg., 33 cent.

66 — *Mule d'Espagne.*

Signé à gauche, en bas.

Toile. Haut., 33 cent.; larg., 41 cent.

67 — *Intérieur de posada.*

Signé à droite, en bas.

Toile. Haut., 32 cent.; larg., 40 cent.

68 — *Le Pays basque* (étude).

Signé à droite, en bas.

Toile. Haut., 32 cent.; larg., 40 cent.

69 — *Saulaie.*

Signé à gauche, en bas.

Toile. Haut., 46 cent.; larg., 38 cent.

70 — *Mare à Bellecroix.*

Toile. Haut., 38 cent.; larg., 46 cent.

71 — *Paysans de Tolède.*

Signé à droite, en bas.

Toile. Haut., 32 cent.; larg., 41 cent.

72 — *Route à mi-côte.*

Signé à droite, en bas.

Toile. Haut., 32 cent.; larg., 41 cent.

73 — *Départ pour la foire.*

Signé à gauche, en bas.

Toile. Haut., 24 cent.; larg., 35 cent.

74 — *Ciel nuageux.*

Signé à gauche, en bas.

Toile. Haut., 24 cent.; larg., 32 cent.

75 — *Vache rousse.*

Signé à droite, en bas.

Toile. Haut., 24 cent.; larg., 33 cent.

76 — *Plaine sous la neige.*

Signé à droite, en bas : *28 octobre 69.*

Toile. Haut., 36 cent.; larg., 60 cent.

77 — *Cour de ferme.*

Signé à droite, en bas.

Toile. Haut., 38 cent.; larg., 56 cent.

78 — *Marché aux chevaux.*

Signé à droite, en bas.

Toile. Haut., 38 cent.; larg., 55 cent.

79 — *Fontaine à Royat.*

Signé à droite, en bas.

Toile. Haut., 38 cent.; larg., 46 cent.

80 — *Paysage à Chailly.*

Signé à droite, en bas.

Toile. Haut., 38 cent.; larg., 46 cent.

81 — *Mare à Bellecroix.*

Toile. Haut., 46 cent.; larg., 38 cent.

82 — *Une Ferrade à Nîmes.*

Signé à droite, en bas.

Toile. Haut., 33 cent.; larg., 41 cent.

83 — *Veau blanc sous les fleurs.*

Signé à gauche, en bas.

Panneau. Haut., 27 cent.; larg., 35 cent.

84 — *La Posada de Ségovie.*

Signé à droite, en bas.

Toile. Haut., 47 cent.; larg., 62 cent.

85 — *Cerfs au soleil couché.*

Signé à gauche, en bas.

Toile. Haut., 38 cent.; larg., 55 cent.

86 — *Retour des champs, fin de jour.*

Signé à droite, en bas.

Toile. Haut., 38 cent.; larg., 55 cent.

87 — *Attelage de bœufs auvergnats.*

Signé à gauche, en bas.

Toile. Haut., 38 cent.; larg., 46 cent.

88 — *Pâturage en Auvergne.*

Signé à droite, en bas.

Toile. Haut., 46 cent.; larg., 61 cent.

89 — *Bœufs à l'ombre.*

Signé à droite, en bas.

Toile. Haut., 46 cent.; larg., 55 cent.

90 — *Veau blanc.*

Signé à gauche, en bas.

Toile. Haut., 80 cent.; larg., 65 cent.

91 — *Paysan de Catalogne.*

Signé à gauche, en bas.

Toile. Haut., 32 cent. 1/2; larg., 21 cent.

92 — *Étude.*

Signé à droite, en bas.

Toile. Haut., 38 cent.; larg., 27 cent.

93 — *Étude.*

Signé à gauche, en bas.

Toile. Haut., 38 cent.; larg., 27 cent.

94 — *Paysanne aux champs.*

Signé à gauche, en bas.

Toile. Haut., 31 cent.; larg., 41 cent.

95 — *Étude de cheval.*

Signé à droite, en bas.

Toile. Haut., 23 cent.; larg., 19 cent.

96 — *Étude de cheval.*

Signé à droite, en bas.

Toile. Haut., 23 cent.; larg., 19 cent.

97 — *Étude de cheval.*

Signé à droite, en bas.

Toile. Haut., 22 cent.; larg., 18 cent.

98 — *Étude de cheval.*

Signé à droite, en bas.

Toile. Haut., 24 cent.; larg., 22 cent.

99 — *Étude de cheval.*

Signé à droite, en bas.

Toile. Haut., 25 cent.; larg., 21 cent.

100 — *Étude de cheval.*

Signé à droite, en bas.

Toile. Haut., 22 cent.; larg., 19 cent.

www.ingramcontent.com/pod-product-compliance
Ingram Content Group UK Ltd.
Pitfield, Milton Keynes, MK11 3LW, UK
UKHW022147260726
13993UKWH00005B/2215